Colar de Maravilhas

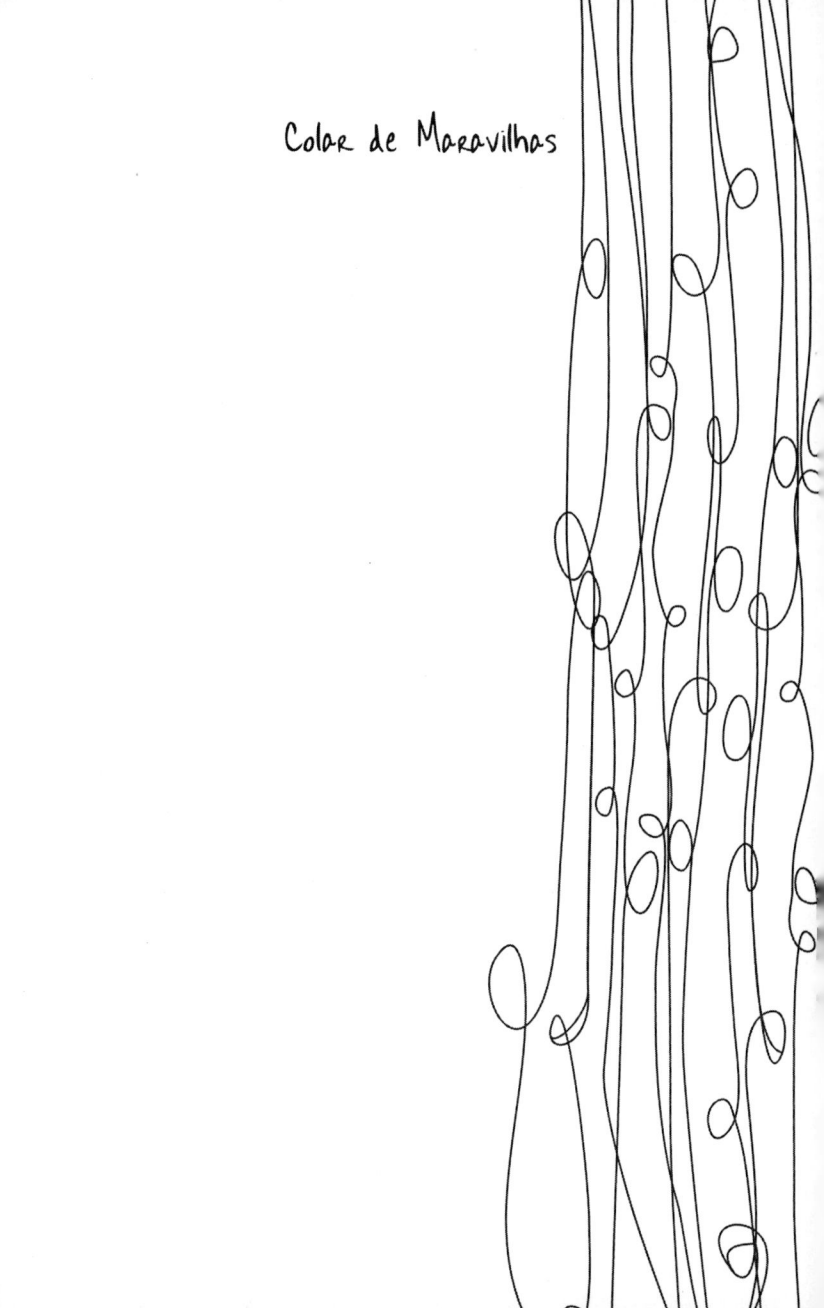

Mirian Paglia Costa

Color de Maravilhas

Editora de Cultura

Colar de Maravilhas
1981, 2012 © Mirian Paglia Costa

Direção de arte: Marcia Cohen - We Can Fly! Comunicação Visual

Direitos desta edição reservados a
EDITORA DE CULTURA
Av. Sapopemba, 2.722, 1º andar
03345-000 - São Paulo - SP

Partes deste livro poderão ser reproduzidas, desde que atribuídos os devidos créditos e nos limites previstos pelas leis de proteção aos direitos autorais, cuja violação pode gerar sanções civis e constitui crime.

Primeira edição: Dezembro de 1981
Impressão: 7ª 6ª 5ª 4ª 3ª 2ª
Ano: 16 15 14 13 12

Dados Internacionais de Catalogação na Publicação (CIP)
(Bibliotecária responsável: Sabrina Leal Araujo - CRB 10/1507)

C837c	Costa, Mirian Paglia, 1947-
	Colar de maravilhas / Mirian Paglia Costa.
	- São Paulo, SP : Editora de Cultura, 2012.
	48 p. ; 12x18 cm.
	ISBN 978-85-293-0160-0
	1. Literatura brasileira. 2. Poesia brasileira. I. Título.
	CDU 869.0(81)-1
	CDD 869.1

Índice para catálogo sistemático:
1. Literatura brasileira : Poesia   869.0(81)-1

para
Lilian e Maria de Magdala
as minhas irmãs

para
Londrina, berço
passado e presente emocionados

I

contra sarampo é
pijama vermelho de bolinhas
chá colhido no quintal

meninas enjoadas saram
num zás - trás
mamando leite com hortelã
mas no colo

nos óculos do avô
reflexos distraem o medo
de retratos, mortos e fantasmas

bichos noturnos não resistem
a história bem contada

a mão roda a colher
roda, roda
evita derrames de fervura
três vezes na panela
e verte a massa enfumaçada
no prato sem desenho
mingau de aveia esquenta o bucho
mão de ferro não esquenta
ainda
os traseiros dos levados
nervos nem fervem nem derramam de manhã

olhos amorosos são remédio
e rezar o santo anjo anoitecendo

luz amarelenta
vela febres contra escuro

um jeito no lençol, dobra no cobertor
tudo consola
tudo são certezas

II

data vazia é terreno
baldios são os esforços de encontrar menina
em moita de capim

as maravilhas gritam no mato verde
— quero ser colar
— quero ser pulseira
— quero ser tiara

entre dedos as flores engrinaldam

flor e capim
laço e pescoço
somos papagaios ao vento
coloridos, vãos, imponderáveis
sementes de mulher

distintas, usamos colar de maravilhas

III

cabeças cobertas
sob a colcha branca
meninas e menino de pijama
os três brincamos

o colchão não é de palha
põe-nos pés de mola
e o teto de pano sobe e desce
coa a luz amarelada

mães urgem o mingau
rugem na cozinha
a ordem na pergunta
— vão parar com isso?

nós gritamos de alegria
tão completos
suados na flanela

não sei quem primeiro tira a calça
não sei em que momento o tempo estanca

estamos peixes mudos num aquário

em nós só olhos brilham
são lanternas sobre sexos

bengalinha, grandes beiços
ficamos assustados
e velhos, de repente

o silêncio pica as mães
— o que é que estão fazendo?
nós?
da garganta não sai "— Nada!"

as mãos desejam desatar-se
ninguém ri
chinelos troam na cozinha
a flanela refresca, em frêmito vestida

— olha o mingau!
três vozes em uníssono fazem nossa fuga

ele sai correndo
ela finge que dorme
eu enterro os olhos no prato
cheio da memória, escaldante

IV

chinelo
fio de ferro de passar
vara de marmelo
fita métrica dobrada
cinta
rabo de tatu
pau de espanador
o que estivesse à mão
de tudo testou meu lombo jovem
bicho sendo criado

de tudo que faz marca
só doeu a mão
de mãe

V

meu pai comprou o pano
minha mãe escolheu modelo
minha tia costurou três dias
eu?
não quis vestir no casamento
repeti todos os defeitos
comprimento, largura, cor, amuei
— não ponho
teimei
— não ponho
teimei até apanhar
emburrei vestida
empaquei na igreja
— não entro
cada um que passava ia olhando
a moringa de barro enfeitada com fitinhas

passaram moças com filhinhas
— vestido mais lindo
— olha que mãe mais caprichosa

no altar, vestido de noiva é que brilhava
adocei

VI

a procissão caminha
passos, meninas do colégio
à frente, minha prima
em sua caixa de boneca
já não chora, já não diz "— Mamãe"
muda
desfila o dia de gala
seu medo passou completamente

vão todos sombrios
em uniforme de luto
só ela está de cor-de-rosa
fantasiada
anjo até os pés

minha prima vai à tumba
ela que não entrava em canto escuro
nós a seguimos entre flor e choro
porque dói
o pé no sapato de verniz
a festa interminável

é grande o cemitério nos confins
tristes seus pássaros de bronze
empoleirados sobre túmulos
há retratos, letras, saudades
mas a procissão avança
rápida para os olhos que soletram

a freira manda cantar
sai trôpego o hino
tudo é lento, engasga

ninguém quer enterrar a caixa
fechada com boneca
pela primeira vez tocamos terra
com mãozinhas enluvadas
lançando punhados no buraco
é roxo o pó que cai
empedra o som, batendo na madeira

sujo inteiramente
como as luvas
o homem feio vem
chapéu de feltro velho, abas ensebadas
e com pá completa seu serviço

a procissão desaba nas aleias

dia seguinte
embaixo da limeira
uma voz de prima não brinca de carniça
— balança caixão
— balança você
— dá um tapinha na bunda e vai esconder

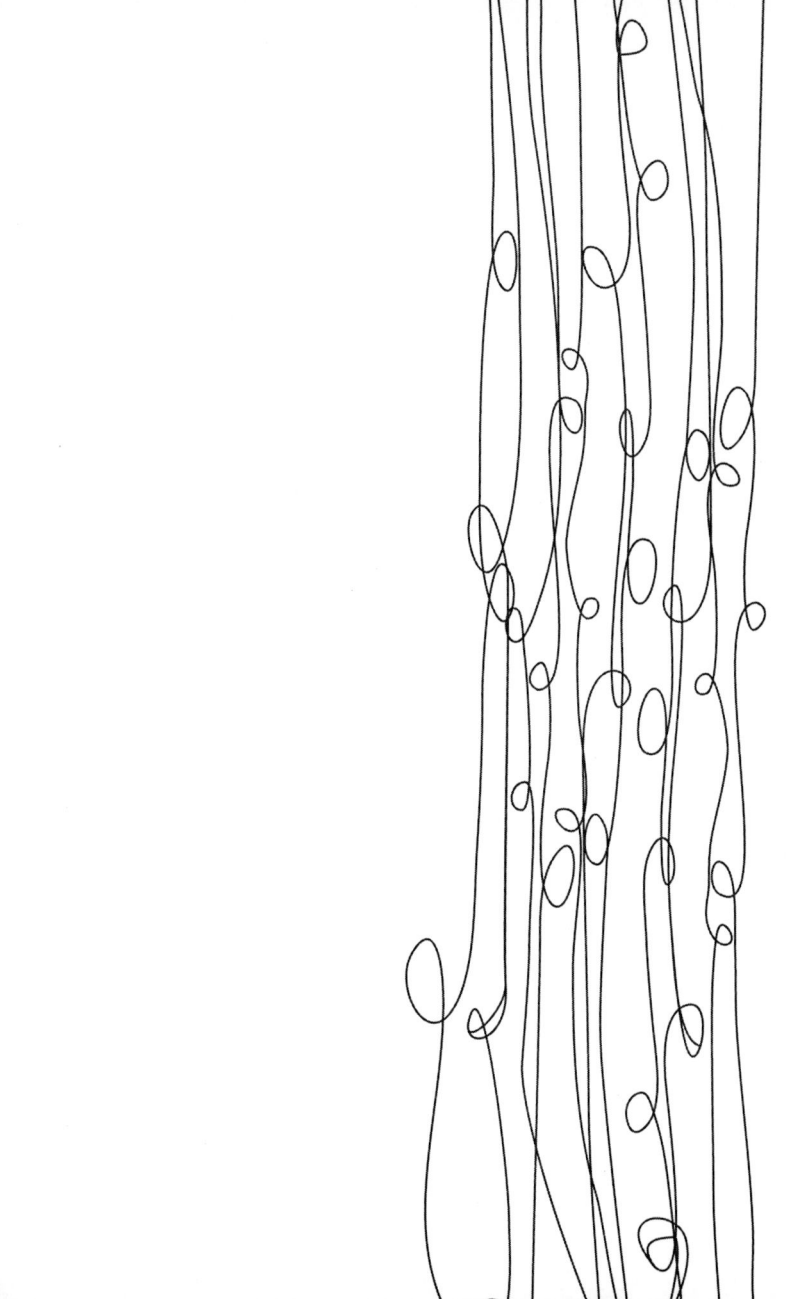

VII

o primeiro poema foi
pra dona Teresa
claro
nunca mostrei à professora
fiz bem
ela teria corrigido o erro
que percebi depois
já mais gramática

sabia contar sílaba, rimar
a ideia era perfeita

eu tinha dez anos de passado
algumas glórias
o poema me coroava

VIII

a benzedeira entrou no quarto
e perguntou
— como é que a senhora se chama?
atrás da porta, rimos
orelhas coladas na madeira

a pergunta vinha muito ritmada
inútil, formulada a cada dia
então, o quarto sussurrava
vozes e mistério
tudo para espantar a morte

minha avó, deitada em sua cama
falava o nome e recitava
quarenta noites, sem falta
o terço receitado
com salve rainha e vale de lágrimas

no mesmo quarto, as filhas
gemendo e chorando
lavaram seu corpo na bacia grande
quando lhe faltou o coração
estava magra, a carne não pesou

depois, serena como nunca
a velha recebeu suas visitas
na sala, vestida de festa, florida
estranho véu de tule sobre a face
sem óculos nem aliança

vimos chegar desconhecidos
tios, parentes e amigos
ganhamos todo o dia e o quintal
sem sombra
porém
a cena brilhava mais do que brinquedos

às quase cinco, tarde
houve um movimento
homens em torno do caixão
e gritos de mulher
— mãe, mãe, minha mãe
a benzedeira acudiu
nós choramos porque havia choro
e muito susto de casa desertada

nos vãos da cerca, até o portão
as flores de minha avó sangravam

IX

alegria esvai-se num rir
menos durável que soluço e choro
os temas da arte e da tragédia
contudo
só a felicidade é de deus
com seu tempo agora e sem futuro

eu e meus irmãos e nosso vale
estamos verdes para ela:
já não somos simples
ainda não estamos perfeitos

X

desintegração de meus amores infantis
onde e quando aconteceu
brutal
o erro, ponta de faca
lança, crime?
onde se deixaram ficar o mel
a sede, a pequena colher
o começo de falar
a mancha dos joelhos arrastados
mãos
pendurando em goiabas saborosas?

encanto das primeiras letras
desencanto de crescer
minha figura brinca comigo
tão diversa
minha figura brinca comigo
e se aborrece

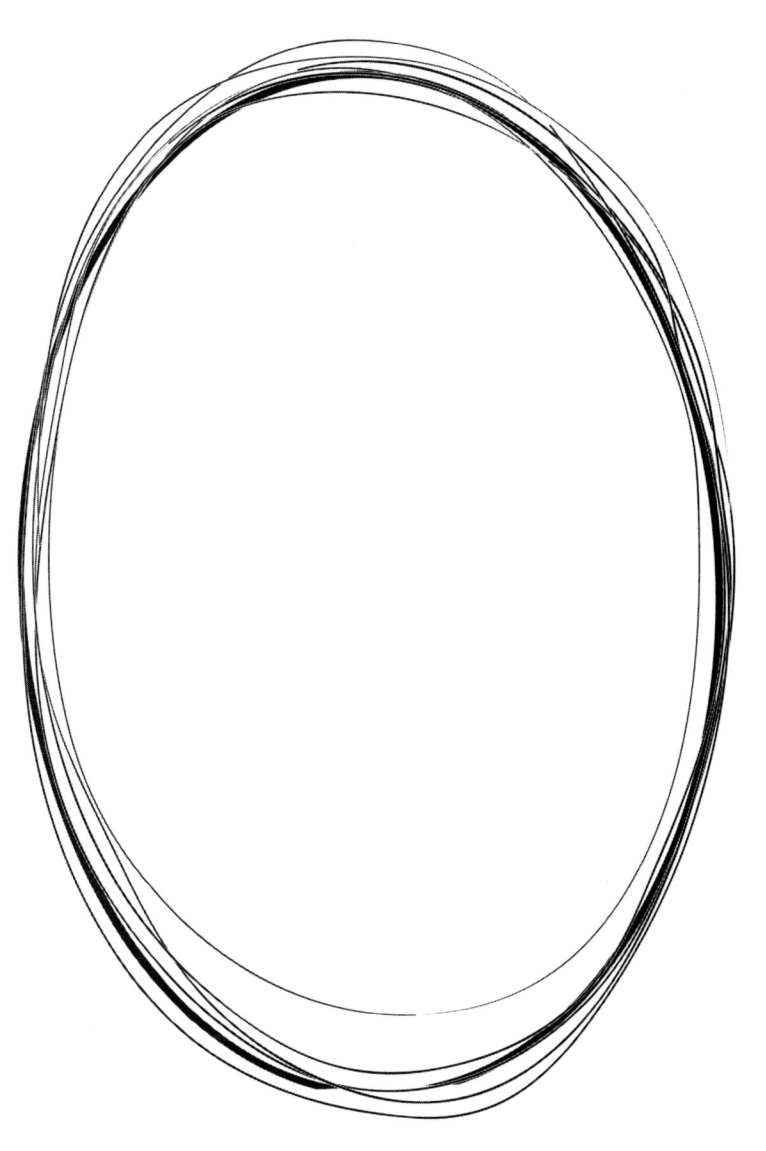

XI

ô, meu deus, quero de volta
minhas colegas de escola
blusa engomada pinicando no sovaco
o castigo de gala
freiras chatas, revistando tudo
e reza antes da aula

dia de ser anjo prolongado

ô, meu deus, quero de volta
o fogo daquele inferno
com diabo de tridente
e vermelho

XII

o primeiro cigarro aceso
meu pai falou
— filha, que decepção
não pude com seus olhos tristes
chorei, chorei
mais pobre que negra Faustina
puta
depois, ele me trouxe um maço
vinte cigarros
e um isqueiro
alegrei, perdi a vergonha

XIII

minha mãe contou um dia
que o moço que ela amava
e podia ter sido nosso pai
— imaginem
   fez um pum bem na minha frente
   embaixo do teto do coreto!
e riu
do riso amarelo dele
— escapou...

já não havia tragédia
no som que calou aquele amor
modestinho
sujeito a ventos e tempestades

também rimos

a ideia do amor é tão espiritual

XIV

até os sete reinei
sobre casas e quintais
com a princesa Lilian
dois anos mais nova
foi quando ganhamos um bebê
e um berço
atrapalhando a passagem
entre a porta e o armário

festamos

um dia, conversando na sala
Mag falou em casamento
considerou, pensou em filhos
os dentes alegraram sua boca
de longe vi
não era mais nossa caçula

chorei de soluçar

XV

Juca Vaqueiro apareceu montado
na fresta da janela de Benzinha
radioso em seu chapéu e sua capa

as botas bateram na soleira
e vozeirões de homem negociaram

— eu quero uma de vossas filhas
   mando-o-tiro-tiro-lá
— qual delas o senhor prefere
   mando-o-tiro-tiro-lá

o silêncio do quarto anoiteceu
cheiros de café
ruídos de cavalo inquieto
coração de moça disparado

Juca Vaqueiro partiu noivo
inda fez mesura na janela
entrou montado nos olhos de Benzinha
cara de bugre quase imberbe
moreno, meu deus
e belo, belo

montado saiu em caixão roxo
pai de dez filhos que vingaram
herança de bocas sempre ávidas

quando lembra, nhá Ben ri
entregue à cena e ao destino
pita cigarros filosóficos

já pensando nos bisnetos
— põe meu nome na menina
ganhei porque era fraca e estou aqui
ela está lá
onde não há mais cavaleiros
vó Benzinha, mulher de Juca Vaqueiro
e seu coração bate
belo-belo, belo-belo
na soleira de outro século

XVI

envasadas na beira da banheira
estão minhas porções de natureza
área plantada
de serviço, um antúrio e samambaias
seis potes de orgulho
entre a sala e a cozinha

examino contra pragas
ponho água todas as manhãs
tenho olho bom pra planta
ciência da terra quando sã

um dia apareceu uma minhoca
inútil para o anzol que não possuo
pensei nisso
saindo pro serviço

XVII

— teu pai, como ele é?

não soube responder
encheu-me o rosto uma golfada tísica
um riso, certa hesitação
vontade de pintar efígie

— é como os pais, poderei

mais sábia, mais modesta
guardei sua estátua em meus porões
e seu jeito de construir as filhas

exatamente como os pais
raposo, abrupto, cheio de defeitos
mas príncipe
filho
amor perfeito

XVIII

quem é esta mulher que dorme
que meu braço enlaça e minha carne trinca
fria, ao chegar da rua?

sobre seu rosto pálido passeio os olhos
leio tempo, riso e dores nas nervuras

lembro-me dela em difuso esquecimento
algumas brigas irremediáveis
esgares no espelho ao aprontar-se
o corpo esbelto, os olhos graves
fortaleza inabalável nas tragédias

não sei se me amou, se ainda ama
será que me odiou quanto bateu?
não sei que estranhos pensamentos
criou e o que sentiu comigo

cuido para que durma bem e quente
nesta casa, neste quarto, nesta cama
ao lado desta moça que sou eu
devolvo a água e o sabor dos alimentos
invento alguns presentes e alegria
para o corpo e o coração que me visitam

já não é o que foi, está madura
os seios grandes, as mãos, a cabeleira
neles o tempo está voando
mas a alma é moça, é tão moderna
devora os anos e os compreende
séria

como os pontos de crochê
que tece, belos
essa é a mulher sem desesperos
tal a lição que nos ensina

não pergunto o que ela quer
o que abomina
saber como ela é não me completa
quero sua força, sua fé, sua ternura
talentos que exibe nos momentos

é minha mãe, que ora ronca, ora ressona
pássaro de luz na armadilha do meu peito

sua filha zela agora por seus sonhos
e com pressa aprende os sulcos
desenhados
na prega dos olhos, nos cantos da boca
no rosto satisfeito da que dorme

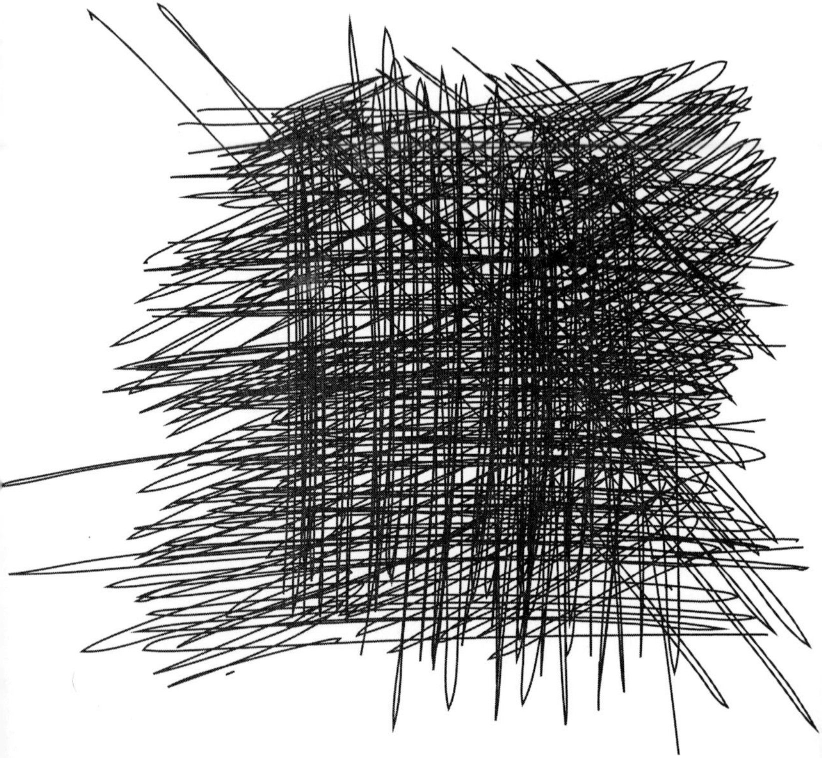

XIX

o sábio japonês fez um poema
sem tradução
três linhas que seus olhos viam

depois, gravou tudo na madeira

falava das mãos de um velho
riscadas como tronco

o tempo era escultor e era poeta

então, foi ao quintal
plantou a árvore em semente
regou
sentiu o sol e sua sombra

eu olho a máquina de escrever
e minhas mãos
que envelhecem sobre as teclas
como o pai de Yoshia
todo dia

XX

a noite é quente e ruinosa
onde plantou meu avô sua barba
e sua honra

das paredes da casa
restam madeiras
eretas e modificadas
dos filhos, espalham-se os destinos

a vizinhança já foi chácara
campo de pelada e batalhas
zona do meretrício
caminho de tropa e lama
rua asfaltada e buracos

já houve horta, bichos esquisitos
mortes, desespero e festas no local
não há mais espírito pioneiro
tudo se disciplina e urbaniza

hoje meu avô está plantado
no chão que ele desbravou
e sua semente de pobre
macaroni e aventureiro
vingou nessa terra roxa
lado de cá do Tibagi
onde continuará havendo
trabalho, fome, dinheiro,
morte, desespero e festa

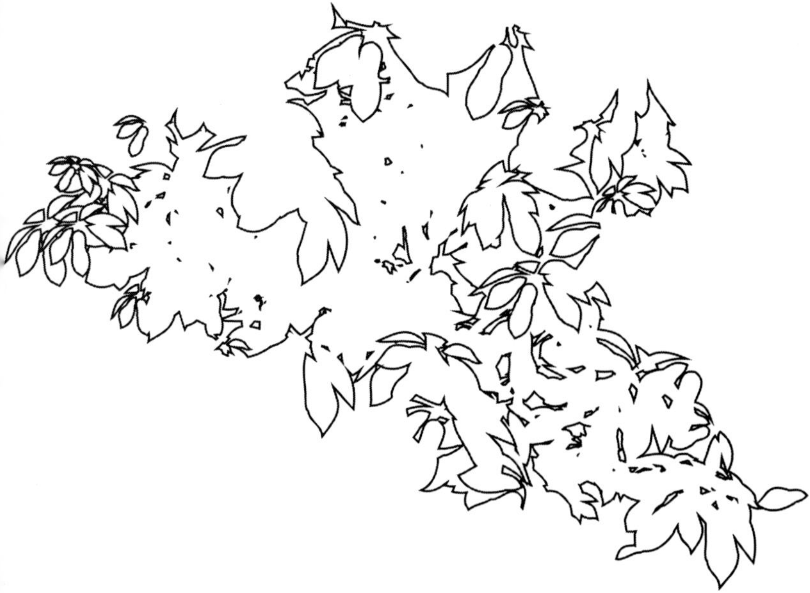

XXI

no enterro de meu pai, estava gélida
organizei cortejo, não olhei caixão
tesa e nobre e morta
com minha mãe, na capela funerária
vi seu corpo
muito moço
enrodilhado no altar
frio e nu, sem esperança

acordei grave desse sonho
grata à sabença que adivinha:
sonhar com morte é vida longa
sonhar com dente é que é morte de parente

despi a viuvez, minha orfandade
crente que a tragédia nunca toca
negociei com deus em pensamento
— por quem sois, vosso dedo não me apontará

não há nobreza em minha reza
há malandragem, há dor, há covardia
vestes rotas e suor
virtudes de espécie que se aturde
em abismos de poder
e de máxima derrota

XXII

um dia
cara de bicho batido
alguém vai me enterrar
em cova de terra roxa
não será alegre ou triste
mas alguém dirá
por vício de velório e cafezinho
— finou-se coitada
um pássaro fatalista
que saudou a minha infância
gritará
longamente, várias vezes nesse dia
— minha vida é assim, assim
descansarão em paz
minha pele de índia velha
meus lábios de negra boa
meu sexo sem preconceito
meus sobrenomes torcedores
entre a Lusa e o Palestra indecisos
mas eu, eu mesma
me apagarei mais lentamente
até o último dos meus contemporâneos
e quando morrer
meu tempo é que então terá morrido

XXIII

a voz de minha mãe
alta e gargalhante
o pigarro de meu pai
aterrador e silêncio
os olhos de minha tia
que exorbitam
gabando nossos talentos

fomos pássaros tratados
cantamos

fiquei míope e sem-graça
Lilian sofre de dúvidas
Mag range seus nervos
choramos muito de emoção

em algum lugar que nos protege
ainda somos anjos
chupamos o sal das lágrimas
sempre estalando a língua

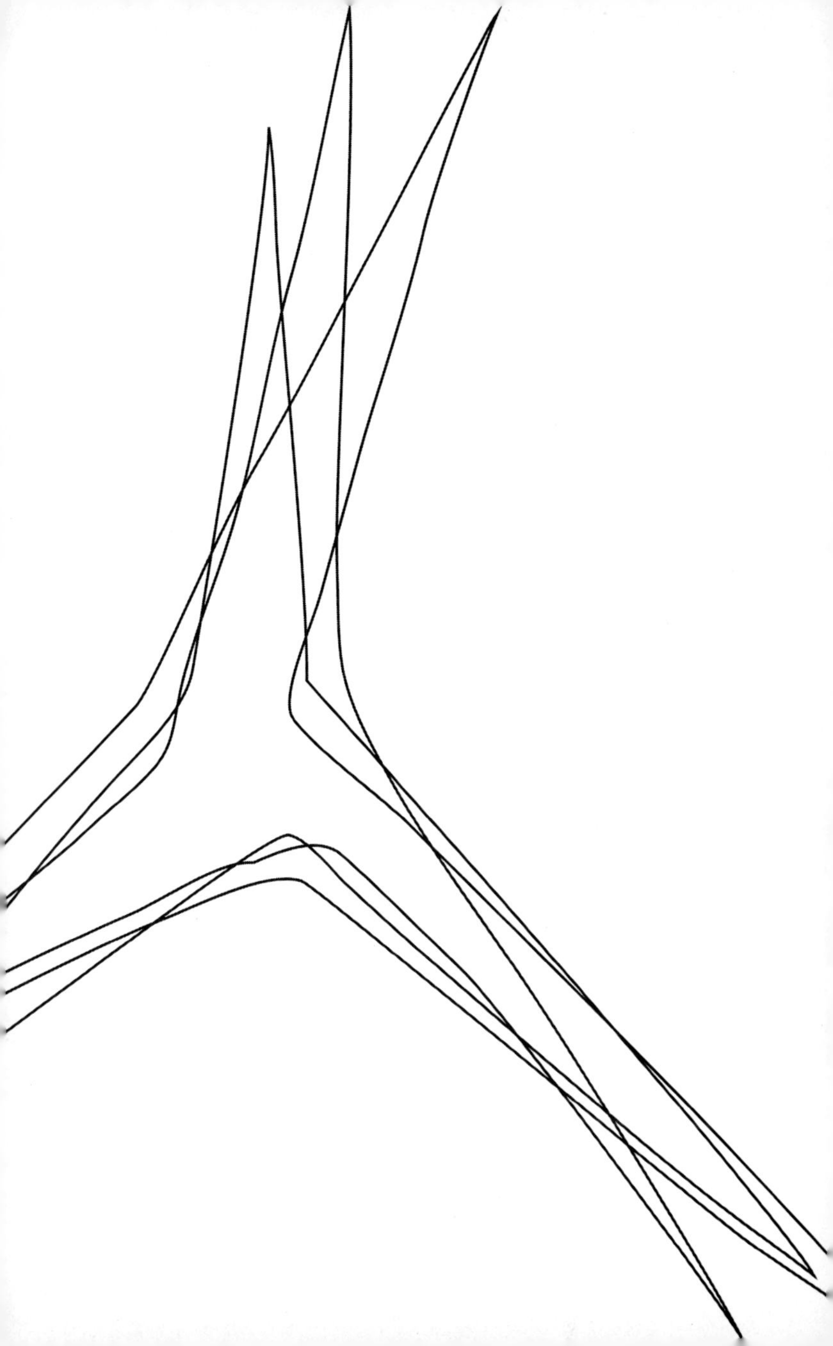

Sobre a autora

Mirian Paglia Costa nasceu em Londrina (PR) em 1947. Em 1969, ganhou o primeiro prêmio de poesia do Festival Universitário de Londrina. Em junho de 1981, lançou a plaquete bilíngue *Sete eus/Siete yos*, com poemas vertidos para o espanhol por Mani Tabacinik, que apresentou no IV Congresso Interamericano de Escritoras (Cidade do México). Em dezembro do mesmo ano, estreou em livro com *Colar de maravilhas*, publicado por Massao Ohno/Roswitha Kempf Editores, que recebeu o prêmio Revelação Literária 1981 da Associação Paulista de Críticos de Artes (APCA).

Figura nas coletâneas *Carne viva* (1984) e *Antologia da nova poesia brasileira* (1992), organizadas por Olga Savary, e em *Brasil 2000 - Antologia da poesia contemporânea brasileira* (2000), organizada por Álvaro Alves de Faria e publicada em Portugal. Participou dos programas "Escritor Brasileiro" (1982), "Escritor nas Bibliotecas" (1994) e "Poesia 96" (1996) da Secretaria Municipal de Cultura de São Paulo. Em 1996, lançou a plaquete *Pequena Antologia* e, em 1997, seu segundo livro, *Notícias do lugar comum*, com selo da Editora 34. Em 2002, teve poemas selecionados para integrar o espetáculo *Londrina... Palavras e Música*, encenado sob direção de Roberto Koln e Marco Antonio Almeida, e participou também do Festival Literário de Londrina (Londrix) de 2008.

Vive em São Paulo desde 1974, onde desenvolveu carreira jornalística nas revistas *Visão e Veja* e é atualmente diretora editorial da Editora de Cultura.

Formato	12 x 18 cm
Tipologia	Newton
Papel do miolo	Offset 120 gr/m²
Papel da capa	Cartão Royal 250 gr/m²
Páginas	48